神奇咒語咕哩咚

宮西達也／文圖　米雅／譯

有個國家
他們的國王
是個超級大懶蟲。
到底有多懶呢？
穿個衣服，他說：
「太麻煩了！」
穿內褲的時候，他說：
「太麻煩了！」
要戴皇冠的時候，
他也說：
「太麻煩了！」

就連拿個望遠鏡，他也抱怨：
「太麻煩了！」
所以，你看吧，這望遠鏡
還是僕人幫忙拿著的呢！
「再往左邊一點。」
「遵命！陛下。」

「有沒有什麼
更好玩的東西呢……
來，往右！
把望遠鏡朝向右邊。」
「遵命！陛下。」

「哦哦哦……
我看到一隻貓。
牠在做什麼呢？
手上拿著橡實耶……」
說完，國王突然大叫：
「啊！」

「橡、橡、橡實
變成好大的一條魚！」
國王揉揉眼睛，
又往望遠鏡裡面瞧。
「沒錯！橡實真的變成一條魚了！」

「喂！來人啊！
快點！
去把拿著橡實的那隻貓
給我抓過來！」

「遵命！陛下。」
過了一會兒，
僕人把手裡
拿著橡實的貓
抓回城堡來了。

「喂！貓咪！快告訴我，
你是怎麼把橡實變成魚的？」
「這、這是 …… 魔法橡實，喵嗚。
拿一顆在手中，先念咒語：咕哩咚、咕哩咚
然後許願，這樣，任何願望都能實現，喵嗚。」
「真、真的嗎 …… 好，那我來試試看。
咕哩咚、咕哩咚給我大餐──！」

國王手裡的橡實消失的那瞬間，
鏘鏘——！
「真、真是太神奇了！
那、那就這麼辦！
我再來變一次。
咕哩咚、咕哩咚
給我一堆金幣——！」

金光閃閃亮晶晶……
「太、太神奇了！
有了這些魔法橡實，
接下來的每一天，
我想多懶就多懶！
哇哈哈哈哈哈……
啊！對了……」
突然想起什麼似的，
國王把那隻貓和僕人
都趕到外面去。

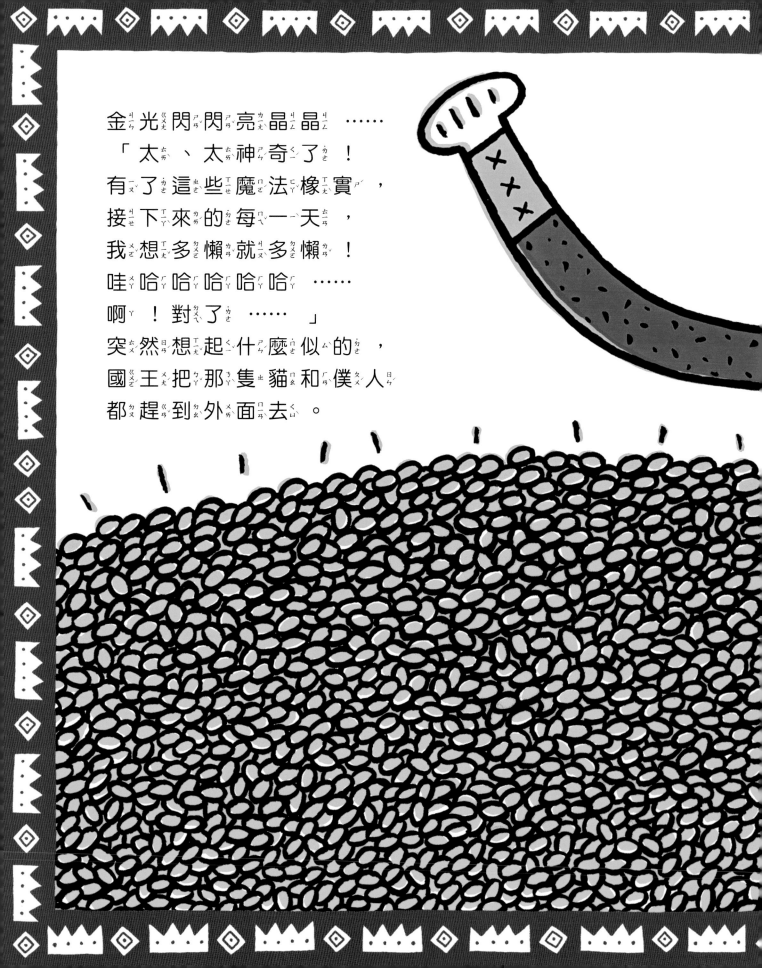

「喂！貓咪！
這些橡實都給我，
現在沒你的事了！
我還你一顆，
快滾吧——！」
咻的一聲
國王一腳把貓
給踢飛出去。

「還有……
有了這些橡實，
我也不需要
你們這些僕人了，
都走吧！」

大家都離開之後，
國王不管做什麼事，
全靠魔法橡實解決。

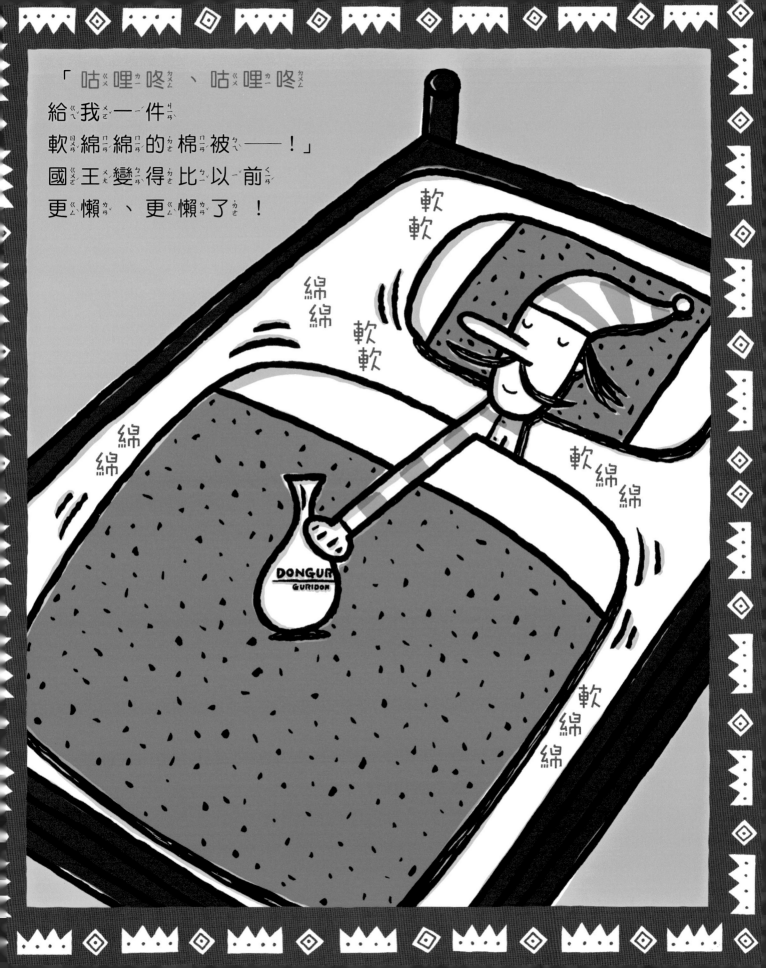

不過，一個人住在
那麼大的一座城堡裡，
國王開始覺得孤單了。

「不知道大家現在過得怎麼樣……
對了，我可以出去看一下啊！
不過，我這身打扮看起來不太合適……
就這麼辦！咕哩咚、咕哩咚……」

「把我變成貓——！」
國王變成一隻貓，
往城裡走去。
沒想到……

吸呀吸呀吸吸吸

國王四處搗蛋，
太陽快下山的時候，
他才回頭往城堡走。

「啊——好累、好累啊！
四處搗蛋很好玩，不過，
我還是比較喜歡懶洋洋的過日子。
該來變回原本的模樣，
快快睡覺去囉。」
國王打開袋子，
準備從裡面
拿出一顆魔法橡實。

「啊ㄚ！沒ㄇㄟˊ、沒ㄇㄟˊ了ㄌㄜ！
沒ㄇㄟˊ有ㄧㄡˇ橡ㄒㄧㄤˋ實ㄕˊ了ㄌㄜ！」

過了幾天，
城堡裡
來了一位新國王，
所有的僕人
也都回來了。

「各位！從今天開始，我們來創造一個
美好的國家，喵嗚。大家一起努力唷！喵嗚。」
咦……這個國王的鬍鬚好像在哪裡見過？
沒錯！就是當時只拿回一顆橡實，然後就被
大懶蟲國王咻的一聲一腳踢飛的那隻貓。
這是那隻貓的鬍鬚！
那麼，已經變成貓的那個大懶蟲國王，
現在怎麼樣了呢？他也待在城堡裡唷！

你們看！
就在城堡的最上頭！
「我真適合當一隻貓。
不管何時、何地，都不會被打擾，
可以一直睡，還有人餵……
我最愛、最愛懶洋洋了！
這也是橡實帶給我的福氣啊！
咕哩咚、咕哩咚。」

譯註：「橡實」的日文發音為 DONGURI，作者巧妙的調換該詞的發音順序，以 GURIDON 作為施行魔法時的咒語。中文版採該咒語發音的音樂性、韻律性，直譯為「咕哩咚」。

作者的話

　　當我還小的時候，咒語遊戲非常流行，我和身邊的朋友們發明了一些咒語來玩。比如，念出「∈∀∬⊥∃∞∃」咒語的人，就可以隱形，大家都看不到他；或者，念出「ƒ∬∂⊆≧∝√」就表示時間暫時停止，所有人都不能動。有些詞語平常明明不太使用，語意也不明，但當時反而更能夠引發一些不可思議的事。而且，當時我們要念咒語的時候，手裡還得拿著一些特定的物品。例如，葉子啦、樹枝啦⋯⋯。其中，最受歡迎的一樣東西，就是橡實！不管是顏色、形狀、大小、觸感，總之，它就是有一種吸引人的魔力。如今已經長大成人的我，幾乎不會主動出門去撿橡實了，不過，有時候陪著孩子去森林裡散步，我會偷偷的撿起藏在落葉底下的橡實，小聲的念出咒語：「∈∀∬⊥∃∞∃」。然後，就發生不可思議的⋯⋯

　　那瞬間，我回到了童年時光。

宮西達也／文圖

　　日本超人氣童書作家。1956 年生於日本靜岡縣，日本大學藝術學院美術系畢業。曾擔任人偶劇的舞臺美術，也當過平面設計師，現在專職繪本創作。

　　代表作品有：「霸王龍」、「超神奇魔法店鋪」系列（小魯）、「正義使者」、「獨角仙武士」系列（小熊）。其中，《超神奇糖果鋪》獲日本繪本獎讀者獎；而《今天運氣怎麼這麼好》（小魯）獲講談社出版文化獎繪本獎。另外，其作品《你看起來好像很好吃》（小魯）另拍攝成電影版，於 2010 年在日本上映；同系列電影《我的朋友霸王龍》於 2019 年在臺灣上映。

© 神奇咒語咕哩咚　　　　　　　　　　　　　　2023 年 9 月初版三刷

文圖／宮西達也　譯者／米雅　發行人／劉振強
出版者／三民書局股份有限公司　電話／(02)25006600　ISBN：978-957-14-6984-3
地址／臺北市復興北路 386 號（復北門市）　臺北市重慶南路一段 61 號（重南門市）
網址／三民網路書店 https://www.sanmin.com.tw　書籍編號：S859481

小山丘官網

ひかりのくに